本書使用教育部台 (87) 語字第八七〇〇〇五七七號公告之方音符號系統

國家圖書館出版品預行編目（CIP）資料

咱的囡仔歌：月光光 趁夜市 / 林武憲文；鄭明進圖.
-- 初版 . -- 新北市；字畝文化創意有限公司出版；遠
足文化事業股份有限公司發行，2022.09
36 面；18.5×26 公分
ISBN 978-626-7069-78-3（精裝）
863.598   111007915

咱的囡仔歌
月光光 趁夜市

作　　者｜林武憲
繪　　者｜鄭明進

字畝文化創意有限公司
社長兼總編輯｜馮季眉
責任編輯｜巫佳蓮
編　　輯｜戴鈺娟、陳心方
封面設計｜陳怡今
美術設計｜張簡至真
臺語校訂｜周美香
臺語標音｜陳建中
出　　版｜字畝文化創意有限公司
發　　行｜遠足文化事業股份有限公司
地　　址｜231 新北市新店區民權路 108-2 號 9 樓
電　　話｜(02)2218-1417
傳　　真｜(02)8667-1065
電子信箱｜service@bookrep.com.tw
網　　址｜www.bookrep.com.tw

讀書共和國出版集團
社長｜郭重興　發行人｜曾大福
業務平臺總經理｜李雪麗　業務平臺副總經理｜李復民
實體書店暨直營網路書店組｜林詩富、郭文弘、賴佩瑜、王文賓、周宥騰、范光杰
海外通路組｜張鑫峰、林裴瑤　特販組｜陳綺瑩、郭文龍
印務部｜江域平、黃禮賢、李孟儒

法律顧問｜華洋法律事務所　蘇文生律師
印　　製｜通南彩色印刷有限公司

2022 年 9 月　初版一刷
2023 年 3 月　初版二刷
定價｜320 元　書號｜XBTW0001
ISBN 978-626-7069-78-3

咱的囡仔歌
月光光 迌夜市

文　林武憲　　圖　鄭明進

作繪者簡介

作者╱林武憲

1944 年出生，彰化伸港人，嘉義師範學校畢業。曾任教職、國臺語教材編審委員、中華兒童百科全書特約編輯、編輯顧問。從事國臺語研究、詩歌創作與編輯、兒童文學評論。曾獲語文獎章、文藝獎章、中華兒童文學獎、彰化磺溪文學特別貢獻獎及全國特優教師。編著有《兒童文學與兒童讀物的探索》、中英對照有聲詩畫集《無限的天空》及教材等一百多冊。作品譯成英、日、韓、西等多種語文，有國內外作曲家譜曲一百多首。

繪者╱鄭明進

1932 年出生於臺北市，兼具國小美術老師、編輯、作家、翻譯家、畫家、美術評論家、兒童繪畫教育者，多重身分的兒童繪本權威，是臺灣兒童圖畫書推廣的啟蒙師，也是臺灣兒童美術教育的先驅。不只創作不輟，也出版圖畫書導讀評論多冊，引領大眾理解圖畫書的奧妙，也促成許多國際交流活動，童書界常尊稱他為「臺灣兒童圖畫書教父」，一輩子喜愛繪本的他，更喜歡稱自己為「繪本阿公」。

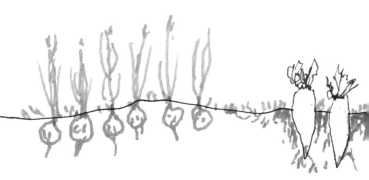

目　錄

臺語真趣味

講臺語， 真趣味，
『舅父』是母舅，
『姨媽』是母姨，
『乩童』是童乩，
『圍牆』是牆圍，
討債是『浪費』，
手指是『戒指』，
受氣是『生氣』，
昨日是『前天』，
險輸是『險勝』，

『炒米粉』愛講米粉炒
米粉炒予你食甲飽。
咱若愛臺灣，
愛講臺灣話，
俗語歌謠攏寶貝，
心適趣味閣笑詼，
過去逐家毋捌貨，
這馬推廣好機會，
咱若認真講母語，
祖先一定真歡喜！

註：『』內是華語詞語

過ㄍㄨㄟˋ磅ㄅㄤ空ㄎㄤ

過ㄍㄨㄟˋ磅ㄅㄤ空ㄎㄤ，暗ㄤㄇ摸ㄇㄛ摸ㄇㄛ，

一ㄐㄧㄊ時ㄒㄧˊ仔ㄚ天ㄊㄢ就ㄅㄛㄟ光ㄍㄨㄥ。

時ㄒㄧˊ間ㄍㄢ咧ㄌㄟˋ過ㄍㄨㄟˋ真ㄐㄧㄣ誠ㄐㄧㄣ緊ㄍㄣ，

過ㄍㄨㄟˋ日ㄖㄨㄚ親ㄑㄧㄣ像ㄍㄧㄛ過ㄍㄨㄟˋ磅ㄅㄤ空ㄎㄤ，

有ㄨˋ時ㄒㄧ暗ㄤㄇ暗ㄤㄇ有ㄨˋ時ㄒㄧ光ㄍㄨㄥ。

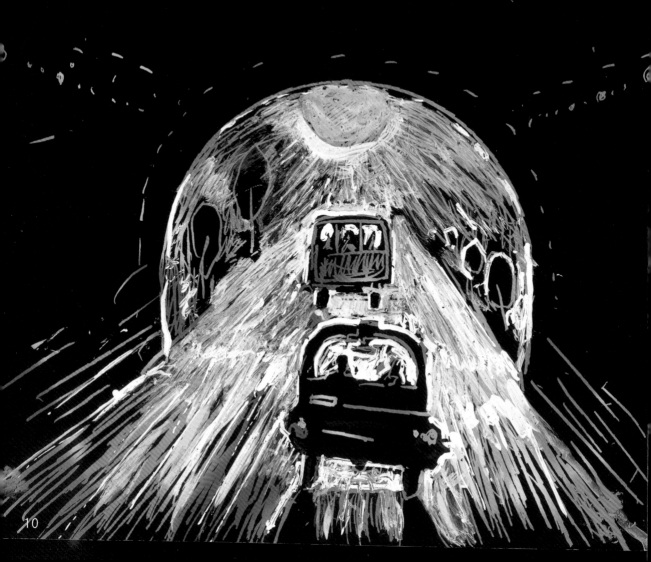

10

真失禮

街仔人真濟，有路袂當過，

啊，踏著人的鞋，

我講一聲：「真歹勢！真失禮！」

朦朧紗衫

北ㄅㄚ風ㄏㄛ咻ㄒㄨㄥ咻ㄒㄨㄥ叫ㄍㄛ，
樹ㄑㄨ葉ㄏㄛ仔ㄚ呶ㄆㄛ呶ㄆㄛ掣ㄘㄨㄚ，
咪ㄇ咪ㄇ毋ㄇㄏ驚ㄍㄛ寒ㄍㄨㄚ，
伊ㄧ穿ㄑㄛ阿ㄚ媽ㄇㄚ刺ㄍㄛ的ㄝ
膨ㄆㄛ紗ㄝ衫ㄙㄨ。

月ㄍㄜˊ光ㄍㄨ光ㄍㄨ

月ㄍㄜˊ光ㄍㄨ光ㄍㄨ，照ㄐㄧㄜ菜ㄘㄞ園ㄏㄧ，
照ㄐㄧㄜ窗ㄊㄤ仔ㄚ門ㄇㄧˊ，照ㄐㄧㄜ眠ㄅㄧㄣ床ㄘㄤ，
月ㄍㄜˊ娘ㄋㄨˊ啊ㄚ，暝ㄇˊ真ㄐㄧㄣ長ㄉㄥˊ，
請ㄑㄧㄚ你ㄌㄧ陪ㄅㄨㄜ我ㄍㄨㄚ到ㄍㄠˋ天ㄊㄧㄣ光ㄍㄨ。

2014.6

踅夜市

行行行，來夜市，
光映映，像日時，
真鬧熱，有人氣，
食的ㄝ、穿的ㄝ滿滿是，
啉的ㄝ、耍的ㄝ規路邊，
大人、囡仔笑微微。

行行行，來夜市，
食一碗搣仔麵，
閣一碗鰇魚羹，
閣食豆乾糍、炒花枝，
食甲腹肚圓圓圓，
食甲腹肚圓圓圓！

※ 教育部臺灣閩南語常用詞辭典並無收錄
iànn-iànn 詞條，本書訓用台日大辭典用
字「映映」。

我是爸爸的寶貝

爸爸的手予我幌韆鞦，

爸爸的手牽我勻勻仔行，

爸爸唱歌讀冊予我聽，

爸爸是山，爸爸是樹仔，

予我跙懸懸，予我果子食，

爸爸疼惜我　保護我，

我是爸爸的寶貝，

爸爸的寶貝是我。

媽ㄇㄚˇ媽ㄇㄚˇ佮ㄍㄚˋ我ㄍㄨㄚˋ

媽媽講古，媽媽唱歌，

媽媽的目睭　掠我金金看，

我佮媽媽相相，

咦？媽媽目睭內

哪有一个囡仔？

媽媽微微仔笑，

共我攬咧　叫「心肝仔」。

23

挲ㄙㄛ 圓ㄒ 仔ㄚ

阿ㄚ 媽ㄇ 挲ㄙㄛ 圓ㄒ 仔ㄚ，

紅ㄤ 的ㄝ 濟ㄗㄨㄝˋ，白ㄝ 的ㄝ 少ㄐㄛ。

媽ㄇ 媽ㄇ 挲ㄙㄛ 圓ㄒ 仔ㄚ，

紅ㄤ 的ㄝ 少ㄐㄛ，白ㄝ 的ㄝ 濟ㄗㄨㄝˋ。

挲ㄙㄛ 啊ㄚ 挲ㄙㄢ，挲ㄙㄥ 真ㄐㄨㄣ 濟ㄗㄨㄝˋ，

煮ㄗㄨ 啊ㄚ 煮ㄗㄨ，煮ㄗㄨ 甲ㄍㄚ 一ㄐㄧㄚㄉ 大ㄅㄨ 鍋ㄨㄝ。

過（ㄍㄨㄝˋ）新（ㄒㄧㄣ）年（ㄋㄧˊ）

正（ㄐㄧㄠ）月（ㄍㄨㄝˋ）初（ㄘㄨㄝ）一（一ˊ）過（ㄍㄨㄝˋ）新（ㄒㄧㄣ）年（ㄋㄧˊ），
家（ㄍㄝ）家（ㄍㄝ）戶（ㄏㄛˋ）戶（ㄏㄛˋ）大（ㄉㄚˋ）團（ㄊㄨㄢ）圓（ㄩㄢˊ），
大（ㄉㄚˋ）人（ㄌㄤ）囝（ㄍㄧㄚˋ）仔（ㄚˋ）笑（ㄑㄧㄛ）微（ㄇㄧ）微（ㄇㄧ），
親（ㄑㄧㄣ）情（ㄐㄧㄥ）朋（ㄅㄥ）友（ㄨˋ）來（ㄌㄞ）拜（ㄅㄞˋ）年（ㄋㄧˊ）。
恭（ㄍㄧㄥ）喜（ㄒㄧ）！恭（ㄍㄧㄥ）喜（ㄒㄧ）！
予（ㄏㄛ）恁（ㄌㄧㄣ）平（ㄅㄧㄥ）安（ㄢ）快（ㄎㄨㄞˋ）樂（ㄌㄛ）！
恭（ㄍㄧㄥ）喜（ㄒㄧ）！恭（ㄍㄧㄥ）喜（ㄒㄧ）！
予（ㄏㄛ）恁（ㄌㄧㄣ）萬（ㄅㄢ）事（ㄙㄨˋ）如（ㄌㄨ）意（一ˋ）！
歡（ㄏㄨㄢ）喜（ㄒㄧ）過（ㄍㄨㄝˋ）新（ㄒㄧㄣ）年（ㄋㄧˊ），
歡（ㄏㄨㄢ）喜（ㄒㄧ）過（ㄍㄨㄝˋ）新（ㄒㄧㄣ）年（ㄋㄧˊ）！

真（ㄐㄧㄣ）伶（ㄌㄥˊ）俐（ㄌㄧ）

爸（ㄅㄚ）爸（ㄅㄚ）煮（ㄗㄨ）飯（ㄆㄥ）我（ㄍㄨㄚ）洗（ㄙㄟ）菜（ㄘㄞ），
媽（ㄇㄚ）媽（ㄇㄚ）洗（ㄙㄟ）衫（ㄙㄢ）我（ㄍㄨㄚ）鬥（ㄉㄠ）披（ㄆㄨㄚ）。
會（ㄝ）曉（ㄏㄧㄠ）鬥（ㄉㄠ）做（ㄗㄡ）跤（ㄎㄚ）手（ㄑㄧㄨ）緊（ㄍㄧㄣ），
迒（ㄑㄧㄣ）迌（ㄊㄛ）物（ㄇㄧ）仔（ㄚ）勢（ㄍㄠ）整（ㄐㄧㄥ）理（ㄌㄧ）。
爸（ㄅㄚ）爸（ㄅㄚ）媽（ㄇㄚ）媽（ㄇㄚ）攏（ㄌㄥ）歡（ㄏㄨㄚ）喜（ㄏㄧ），
講（ㄍㄨㄥ）我（ㄍㄨㄚ）真（ㄐㄧㄣ）伶（ㄌㄥˊ）俐（ㄌㄧ）！

心肝仔

我的目睭成爸爸

我的喙成媽媽

我的鼻仔成阿公

我的面形成阿媽

阿公　阿媽　爸爸　媽媽

攏講我是個的心肝仔

天頂有日頭，

塗跤有石頭，

眠床有枕頭，

桌頂有罐頭，

灶跤有碗頭，

田裡有菜頭，

嘛有蔥頭佮蒜頭，

對頭到尾全全頭。

2022. 3.